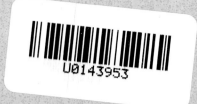

謝氏昆仲書千字文

海峡出版发行集团
THE STRAITS PUBLISHING & DISTRIBUTING GROUP
福建美术出版社

图书在版编目（CIP）数据

谢氏昆仲书千字文 / 谢钦铭，谢其昂著. -- 福州 : 福建美术出版社，2010.12
ISBN 978-7-5393-2449-4

Ⅰ. ①谢… Ⅱ. ①谢… ②谢… Ⅲ. ①行书－书法－作品集－中国－现代 Ⅳ. ①J292.28

中国版本图书馆CIP数据核字(2010)第242850号

谢氏昆仲书千字文

作　　者：谢钦铭　谢其昂
责任编辑：卢为峰
装帧设计：林　光
出版发行：海峡出版发行集团
　　　　　福建美术出版社
印　　刷：福州德安彩色印刷有限公司
开　　本：889×1194mm　1/16
印　　张：4.5
版　　次：2010年12月第1版第1次印刷
书　　号：ISBN 978-7-5393-2449-4
定　　价：48.00元

弁言

吾國文字誕生以降，經歷孳乳、遷變至兩漢逾千百八年，故書體紛呈而備至也。蓋研習者，素有文字學家與書家之分，前者究於文字演變注釋之學問；後者則爲書寫發揮之藝術，主旨殊而別。

竊以为，書家者，藝也。爲藝者，宜主品格、重情感、貴『我見』，爰三者結合，互見於仿佛間，凸顯作者心靈思想，感染於衆方傳之久遠矣。余不敏，于今習篆、治印倏忽四十寒暑，近年有此心得也。誠歷代文字書體之美，各成瘦肥，然余尤嗜漢金文字之獨到。蓋漢金文字上承『大小二篆』，下啓隸辨、楷則，此中蘊含高古而平和，體變寬博而俊朗，洵海闊天空、境界無限，契合余情愫也。

庚寅春節，芸窗多暇，研朱砂篆《千字文》自娛。适其昂見而愛之，遂索去旬日，歸後并亦附其行書《千字文》一册，觀之，乃不失精美而能突破啓蒙文辭之拘束，洋洋灑灑出爾藩籬，不啻與余悠悠然相呼應之，胥殊途同歸於一道也！書後有記曰：『《千字文》雖乃訓蒙之篇，然以千字勾勒中國文化史，音韻諧美，詞藻華麗，何異於四言長詩耶？』噫！渠抗心希古、研精耽道於詩心者，書之焉不發乎情歟。

一事之欣而付梓刊行，未嘗不可樂爲也！

庚寅浴佛日，于樸謝欽銘

敕員外散
騎侍郎周
興嗣次韻
千字文

天地玄黄宇宙洪荒日月
盈昃辰宿列張寒來暑
往秋收冬藏閏餘成
歲律呂調陽雲騰致

雨露結為霜金生麗水
玉出崑岡劍號巨闕珠
稱夜光果珍李柰菜重
芥薑海鹹河淡鱗潛羽

翔龍師火帝鳥官人皇
始制文字乃服衣裳推位
讓國有虞陶唐弔民
伐罪周發殷湯坐朝問

道垂拱平章愛育黎首
臣伏戎羌遐邇一體率賓
歸王鳴鳳在樹白駒食
場化被草木賴及萬方

蓋此身髮四大五常恭惟
鞠養豈敢毀傷女慕貞
潔男效才良知過必改得
能莫忘罔談彼短靡恃

己長信使可覆器欲難
量墨悲絲染詩讚羔
羊景行維賢克念作聖
德建名立形端表正空谷

傳聲虛堂習聽禍因
惡積福緣善慶尺璧
非寶寸陰是競資父事
君曰嚴與敬孝當竭力

忠則盡命臨深履薄夙
興溫清似蘭斯馨如松
之盛川流不息淵澄取映
容止若思言辭安定篤

初誠美慎終宜令榮業所
基籍甚無竟學優登仕
攝職從政存以甘棠去而益
詠樂殊貴賤禮別尊卑

上和下睦夫唱婦隨外受
傅訓入奉母儀諸姑伯叔
猶子比兒孔懷兄弟同氣
連枝交友投分切磨箴

規仁慈隱惻造次弗離節
義廉退顛沛匪虧性靜
情逸心動神疲守真志
滿逐物意移堅持雅操

好爵自縻都邑華夏東
西二京背邙面洛浮渭據涇
宮殿盤鬱樓觀飛驚
圖寫禽獸畫彩僊靈

丙舍傍啟甲帳對楹肆筵
設席鼓瑟吹笙升階納陛
弁轉疑星右通廣內左
達承明既集墳典亦聚

羣英杜稾鍾隸漆書壁
經府羅將相路俠槐卿戶
封八縣家給千兵高冠陪
輦驅轂振纓世祿侈富

車駕肥輕策功茂實勒碑
刻銘磻溪伊尹佐時阿衡
奄宅曲阜微旦孰營桓
公匡合濟弱扶傾綺回漢

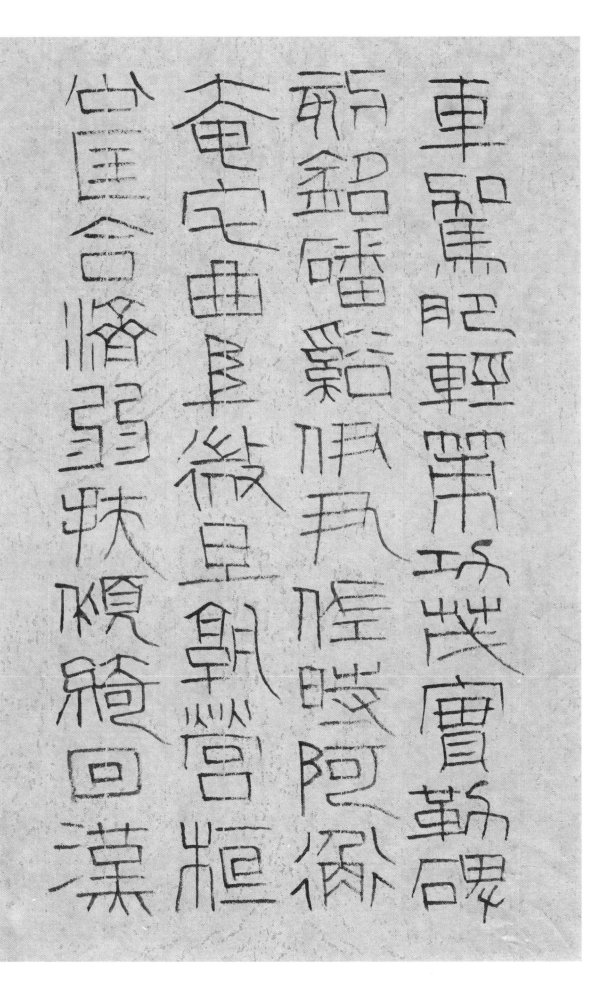

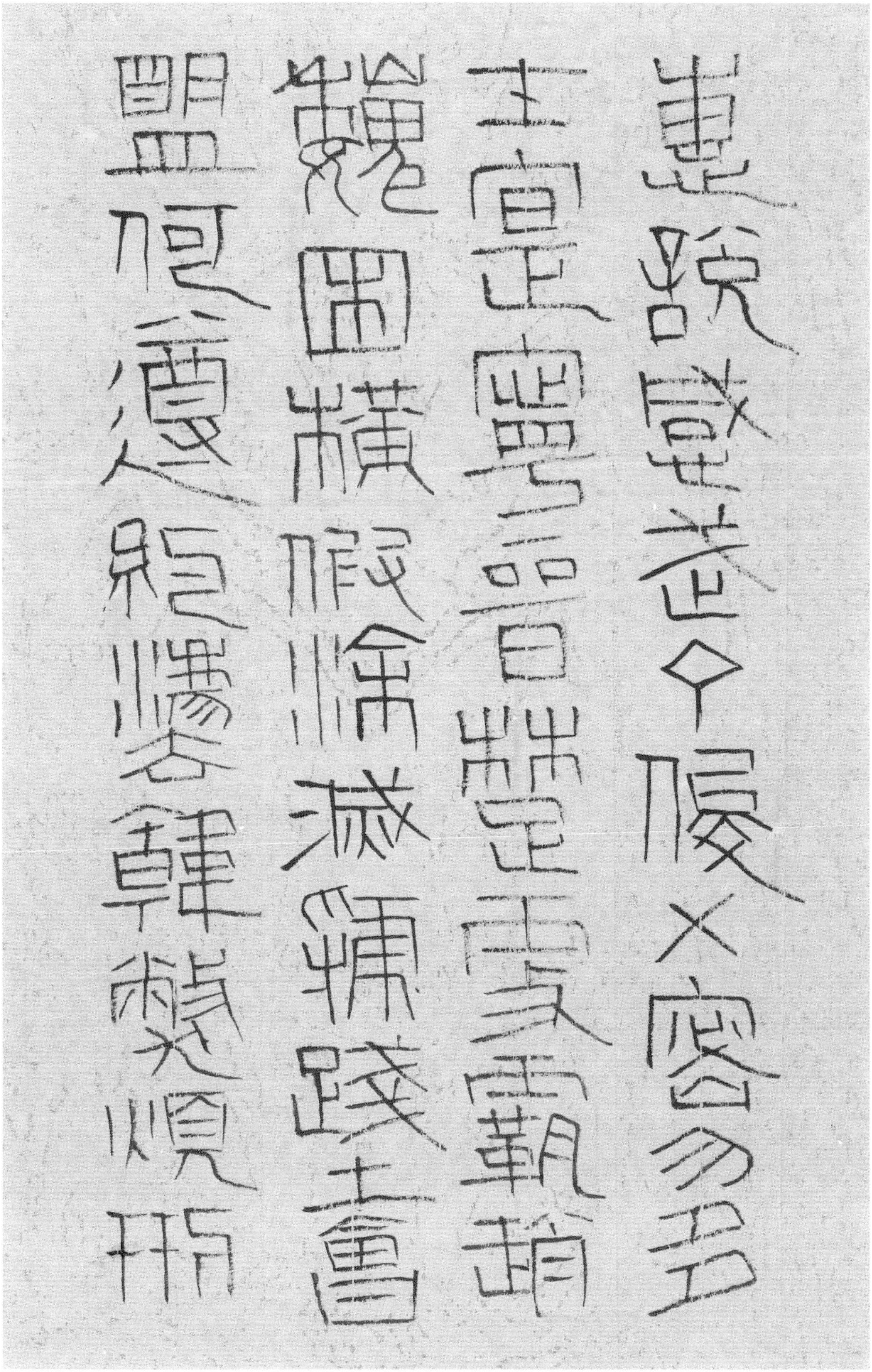

起翦頗牧用軍最精宣
威沙漠馳譽丹青九州禹
跡百郡秦并嶽宗泰岱
禪主云亭雁門紫塞雞

田赤城昆池碣石鉅野洞
庭曠遠綿邈巖岫杳冥
治本於農務茲稼穡俶
載南畝我藝黍稷稅熟

貢新勸賞黜陟孟軻敦
素史魚秉直庶幾中庸
勞謙謹敕聆音察理鑑
貌辨色貽厥嘉猷勉其

祗植省躬譏誡寵增抗
極殆辱近恥林皋幸即兩
疏見機解組誰逼索居
閑處沈默寂寥求古尋

論散慮逍遙欣奏累遣
慼謝歡招渠荷的歷園
莽抽條枇杷晚翠梧桐
早凋陳根委翳落葉飄颻

鯤獨運凌摩絳霄耽讀
翫市寓目囊箱易輶攸
畏屬耳垣墻具膳餐
飯適口充腸飽飫亨宰飢

厭糟糠親戚故舊老少異
糧妾御績紡侍巾帷房紈
扇圓潔銀燭煒煌晝眠
夕寐藍筍象牀弦歌酒

宴接杯舉觴矯手頓足
悅豫且康嫡後嗣續祭
祀蒸嘗稽顙再拜悚懼
恐惶箋牒簡要顧答審

詳骸垢想浴執熱願涼
驢騾犢特駭躍超驤
誅斬賊盜捕獲叛亡布射
遼丸嵇琴阮嘯恬筆倫

紙鈞巧任鈞釋紛利俗並皆
佳妙毛施淑姿工顰妍笑
年矢每催曦暉朗曜
璇璣懸斡晦魄環照

指薪修祜永綏吉劭矩
步引領俯仰廊廟束帶
矜莊徘徊瞻眺孤陋寡
聞愚蒙等誚謂語助

皆長壽也

漢金文字品在雅鈍格存

高古之中是也庚寅正月

兩醰以館跋鈍銘并記

勑貟外散騎侍郎周興嗣次韻千字文

天地玄黃宇宙洪荒日月盈昃
辰宿列張寒來暑往秋收冬
藏閏餘成歲律呂調陽雲騰

致雨露结为霜金生丽水玉出

崑冈剑号巨阙珠称夜光果

珍李柰菜重芥姜海咸河

淡鱗潛羽翔龍師火帝鳥官

人皇始制文字乃服衣裳推位

讓國有虞陶唐弔民伐罪周發

殷湯坐朝問道垂拱平章愛
育黎首臣伏戎羌遐邇一體
率賓歸王鳴鳳在樹白駒食

場化被草木賴及萬方蓋此身
髮四大五常恭惟鞠養豈敢
毀傷女慕貞潔男效才良知

過必改得能莫忘罔談彼短
靡恃己長信使可覆器欲難
量墨悲絲染詩讚羔羊景

行維賢克念作聖德建名立
形端表正空谷傳聲虛堂習
聽禍因惡積福緣善慶尺璧

非寶寸陰是競資父事君曰嚴與

敬孝當竭力忠則盡命臨深履

薄夙興溫凊似蘭斯馨如松

之盛川流不息淵澄取映容止若

思言辭安定篤初誠美慎終

宜令榮業所基籍甚無竟

學優登仕攝職從政存以甘棠
去而益詠樂殊貴賤禮別尊
卑上和下睦夫唱婦隨外受傅訓

入奉母儀諸姑伯叔猶子比兒

孔懷兄弟同氣連枝交友投

分切磨箴規仁慈隱惻造次

弗離節義廉退顛沛匪虧性
靜情逸心動神疲守真志滿
逐物意移堅持雅操好爵自

縻都邑華夏東西二京背邙
面洛浮渭據涇宮殿盤鬱
樓觀飛驚圖寫禽獸畫彩

仙靈丙舍傍啟甲帳對楹肆筵
設席鼓瑟吹笙升階納陛弁
轉疑星右通廣內左達承明

既集墳典亦聚羣英杜稿鍾
隸漆書壁經府羅将相路俠
槐卿户封八縣家給千兵高

冠陪輦驅轂振纓世祿侈富
車駕肥輕策功茂實勒碑
刻銘磻溪伊尹佐時阿衡奄

宅曲阜微旦孰營桓公匡合濟

弱扶傾綺回漢惠說感武丁

俊乂密勿多士寔寧晉楚

更霸趙魏困橫假途滅虢

踐土會盟何遵約法韓弊

煩刑起翦頗牧用軍最精

宣威沙漠驰誉丹青九州禹

迹百郡秦并岳宗泰岱禅主

云亭雁门紫塞鸡田赤城昆

池碣石鉅野洞庭曠遠綿邈
巖岫杳冥治本於農務茲稼
穡俶載南畝我藝黍稷稅熟

貢新勸賞黜陟孟軻敦素史
魚秉直庶幾中庸勞謙謹
敕聆音察理鑒貌辨色貽厥

嘉猷勉其祗植省躬譏誡

寵增抗極殆辱近恥林皋幸

即兩疏見機解組誰逼索居

閒處沉默寂寥求古尋論
散慮逍遙欣奏累遣慼謝
歡招渠荷的歷園莽抽條

枇杷晚翠梧桐早凋陳根
委翳落葉飄颻遊鵾獨運
凌摩絳霄耽讀翫市寓目

囊箱易輶攸畏屬耳垣牆

具膳餐飯適口充腸飽飫

烹宰飢厭糟糠親戚故舊

老少異糧妾御績紡侍巾
帷房紈扇圓潔銀燭煒煌
晝眠夕寐藍筍象床弦歌

酒宴接盃舉觴矯手頓足悅
豫且康嫡後嗣續祭祀烝嘗
稽顙再拜悚懼恐惶箋牒

簡要顧答審詳骸垢想浴
執熱願涼驢騾犢特駭躍
超驤誅斬賊盜捕獲叛亡

布射僚丸嵇琴阮嘯恬筆倫

紙鈞巧任釣釋紛利俗並皆

佳妙毛施淑姿工顰妍咲年

矢每催曦暉朗曜璇璣懸
斡晦魄環照指薪修祜永綏
吉劭矩步引領俯仰廊廟束

带矜庄徘徊瞻眺孤陋寡闻

愚蒙等诮谓语助者焉

哉乎也

庚寅四月子昂

前見諸哥手篆朱砂千字文冊見如驟遇異人
望之儼然師之也溫歷代書千字文者衆釋
智永有真草二體趙松雪有六體皆以筆法
精絕稱頌於世然國朝篆文範本鮮見情
而今書界風之詠作草又先之荒率無頗竊
以為千字文雖乃訓蒙之篇然以千字鈎勒中國
文化史音韻諧美詞藻華麗洵異於四言
長詩耶吾今以斯書得此冊不知諸哥欲
復以為如何

其昌郎又記 廿三日

跋

千字文爲梁周興嗣所撰，尚書故實，謂武帝于鐘王書中拓千字，召興嗣韵之，一日綴成。然《梁書》、《南史》，皆以爲王羲之書。按《郁岡齋帖》題曰：魏太守鐘繇千字文，右軍將軍王羲之奉敕書。起四句云：二儀日月，雲露嚴霜，夫貞婦潔，君聖臣良。結二句與周氏同，是此書原有二本矣。歷代相傳之書者，有釋智永之真草二體千字文，元揭曼碩臨之，未竟而輟，趙松雪爲之補成，件藏上海博物館，視爲瑰寶。唐懷素有草書千字文，列入《群玉堂帖》，西安碑林有複刻本，則有宋拓明拓之判異矣。南北宋之交，趙佶，趙構各寫千字文，梅景書屋有趙構手迹，跋識累累，較趙佶本尤爲珍秘。此後書家臨摹，難更僕數。直至挽近，有章太炎篆書千字文、王福庵隸書千字文，皆以筆法精絶騰譽。頃者，于樸道長出示篆書朱砂千字文暨令弟其昂行書千字文，或凝重遒上，或超逸流宕，蓋胎乳昔賢，脱略時徑，一篆一行，相得益彰，有如華泰二峰，同標峻極。因請騈付影印，樂佽其成。于樸淬礪鐵筆四十載，其所治印，遠紹秦漢，近法黄齊，淵雅衝夷，蹊徑別開，恢恢乎遊刃有餘。其昂則淹博多藝，尤耽韻語，迥出儕輩。嘆賞之餘，爰識數言，藉申欽遲云爾。

庚寅孟秋盧爲峰謹識

釋文

天地玄黃，宇宙洪荒。日月盈昃，辰宿列張。寒來暑往，秋收冬藏。閏余成歲，律呂調陽。雲騰致雨，露結為霜。金生麗水，玉出崐岡。劍號巨闕，珠稱夜光。果珍李柰，菜重芥薑。海鹹河淡，鱗潛羽翔。龍師火帝，鳥官人皇。始制文字，乃服衣裳。推位讓國，有虞陶唐。弔民伐罪，周發殷湯。坐朝問道，垂拱平章。愛育黎首，臣伏戎羌。遐邇一體，率賓歸王。鳴鳳在樹，白駒食場。化被草木，賴及萬方。蓋此身髮，四大五常。恭惟鞠養，豈敢毀傷。女慕貞潔，男效才良。知過必改，得能莫忘。罔談彼短，靡恃己長。信使可覆，器欲難量。墨悲絲染，詩贊羔羊。景行維賢，克念作聖。德建名立，形端表正。空谷傳聲，虛堂習聽。禍因惡積，福緣善慶。尺璧非寶，寸陰是競。資父事君，曰嚴與敬。孝當竭力，忠則盡命。臨深履薄，夙興溫清。似蘭斯馨，如松之盛。川流不息，淵澄取映。容止若思，言辭安定。篤初誠美，慎終宜令。榮業所基，籍甚無竟。學優登仕，攝職從政。存以甘棠，去而益詠。樂殊貴賤，禮別尊卑。上和下睦，夫唱婦隨。外受傅訓，入奉母儀。諸姑伯叔，猶子比兒。孔懷兄弟，同氣連枝。交友投分，切磨箴規。仁慈隱惻，造次弗離。節義廉退，顛沛匪虧。性靜情逸，心動神疲。守真志滿，逐物意移。堅持雅操，好爵自縻。都邑華夏，東西二京。背邙面洛，浮渭據涇。宮殿盤鬱，樓觀飛驚。圖寫禽獸，畫彩仙靈。丙舍旁啟，甲帳對楹。肆筵設席，鼓瑟吹笙。升階納陛，弁轉疑星。右通廣內，左達承明。既集墳典，亦聚群英。杜稿鍾隸，漆書壁經。府羅將相，路俠槐卿。戶封八縣，家給千兵。高冠陪輦，驅轂振纓。世祿侈富，車駕肥輕。策功茂實，勒碑刻銘。磻溪伊尹，佐時阿衡。奄宅曲阜，微旦孰營。桓公匡合，濟弱扶傾。綺回漢惠，說感武丁。俊乂密勿，多士寔寧。晉楚更霸，趙魏困橫。假途滅虢，踐土會盟。何遵約法，韓弊煩刑。起翦頗牧，用軍最精。宣威沙漠，馳譽丹青。九州禹跡，百郡秦并。岳宗泰岱，禪主云亭。雁門紫塞，雞田赤誠。昆池碣石，鉅野洞庭。曠遠綿邈，岩岫杳冥。治本於農，務茲稼穡。俶載南畝，我藝黍稷。稅熟貢新，勸賞黜陟。孟軻敦素，史魚秉直。庶幾中庸，勞謙謹敕。聆音察理，鑒貌辨色。貽厥嘉猷，勉其祗植。省躬譏誡，寵增抗極。殆辱近恥，林皋幸即。兩疏見機，解組誰逼。索居閑處，沉默寂寥。求古尋論，散慮逍遙。欣奏累遣，慼謝歡招。渠荷的歷，園莽抽條。枇杷晚翠，梧桐早凋。陳根委翳，落葉飄搖。游鵾獨運，淩摩絳霄。耽讀玩市，寓目囊箱。易輶攸畏，屬耳垣牆。具膳餐飯，適口充腸。飽飫烹宰，饑厭糟糠。親戚故舊，老少異糧。妾禦績紡，侍巾帷房。紈扇圓絜，銀燭煒煌。晝眠夕寐，藍筍象床。弦歌酒宴，接杯舉觴。矯手頓足，悅豫且康。嫡後嗣續，祭祀烝嘗。稽顙再拜，悚懼恐惶。箋牒簡要，顧答審詳。骸垢想浴，執熱願涼。驢騾犢特，駭躍超驤。誅斬賊盜，捕獲叛亡。布射僚丸，嵇琴阮簫。恬筆倫紙，鈞巧任釣。釋紛利俗，並皆佳妙。毛施淑姿，工顰妍笑。年矢每催，曦暉朗曜。璿璣懸斡，晦魄環照。指薪修祜，永綏吉劭。矩步引領，俯仰廊廟。束帶矜莊，徘徊瞻眺。孤陋寡聞，愚蒙等誚。謂語助者，焉哉乎也。